老船的最後一哩路

文・圖／Ada Kang　美術設計／蕭雅慧、劉蔚君

執行長兼總編輯／馮季眉　編輯總監／高明美　副總編輯／周彥彤　印務經理／黃禮賢

社長／郭重興　發行人暨出版總監／曾大福　出版／遠足文化事業股份有限公司／步步出版　發行／遠足文化事業股份有限公司

地址／231 新北市新店區民權路 108-2 號 9 樓　電話／02-2218-1417　傳真／02-8667-1891　Email／service@bookrep.com.tw

客服專線／0800-221-029　法律顧問／華洋國際專利商標事務所・蘇文生律師　印刷／凱林印刷股份有限公司

初　版／2020 年 8 月　定價／320 元　書號／1BTI1030　ISBN／978-957-9380-66-9

老船的最後一哩路

A Miles of Life

文·圖／Ada Kang

喀啦！

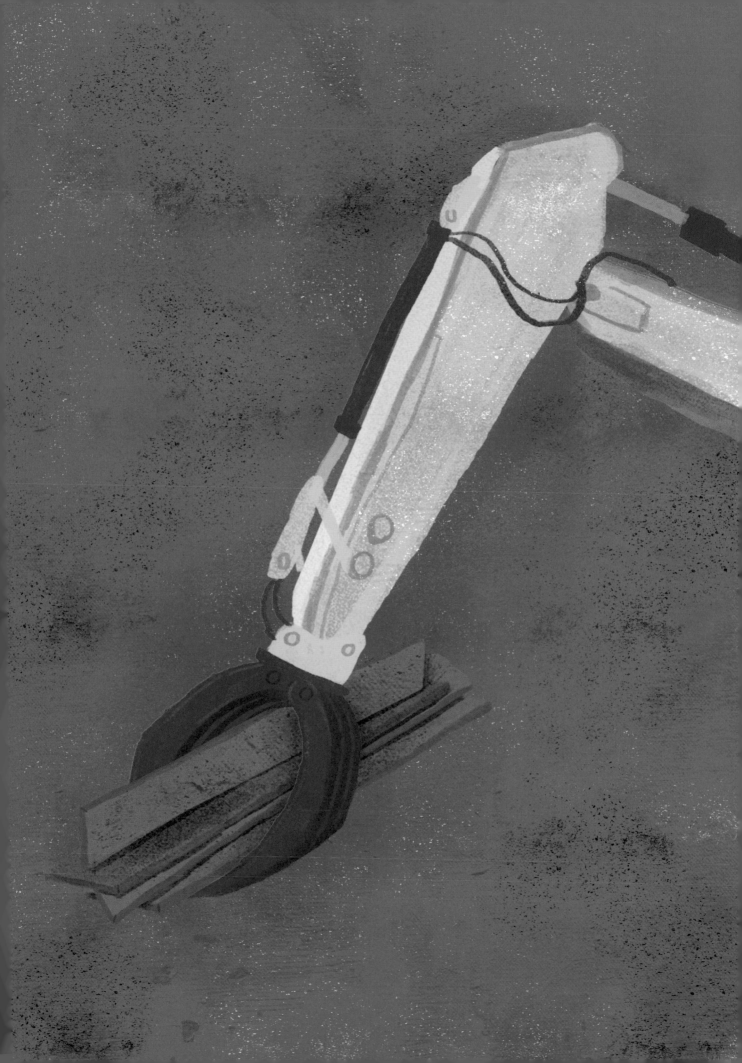

「我叫正濱丸，象徵著興盛。」

第一次下水的那天，
我掛上彩服、捧著祝福。
他們說：「丟吧、丟吧，滿載而歸吧！」
海浪伴隨著滿滿的興奮，似乎搖晃得更厲害了呢。

「出發吧！
我能做到的，我可以的！」

我志氣滿滿的迎向海風。

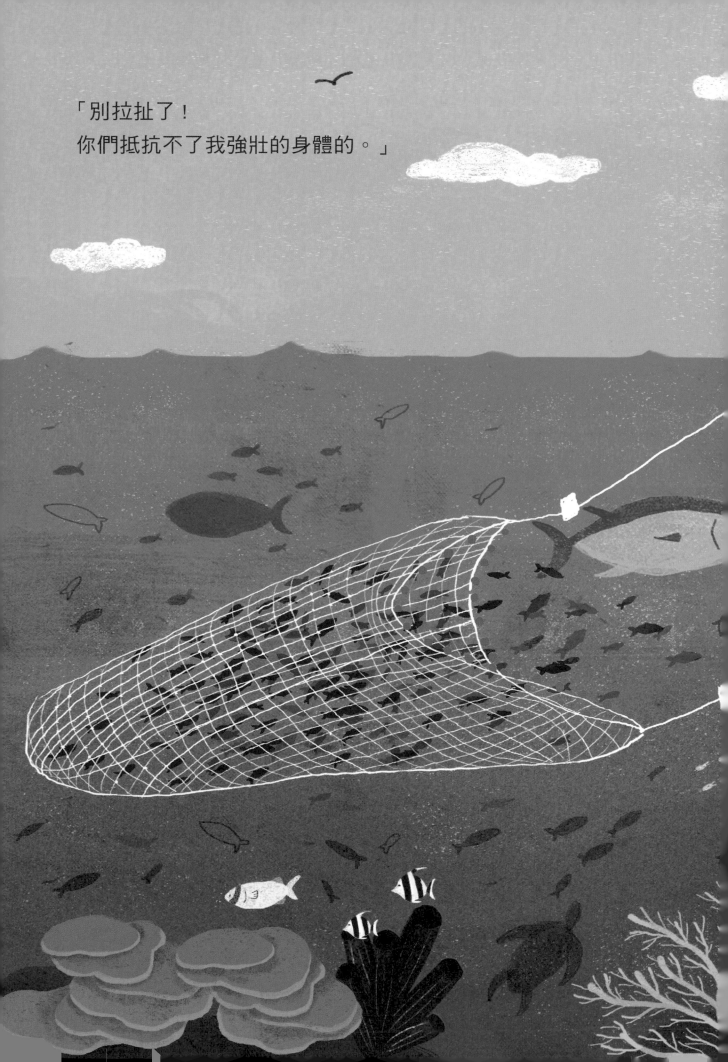

「別拉扯了！
你們抵抗不了我強壯的身體的。」

我還可以再前行，再遠再遠都可以。

「踏噠踏噠……」船上工作的人們，加緊腳步。

「你這次出去捕了多少？航行很遠嗎？」
「當然遠啊，我這麼強壯！載這些魚輕而易舉。」
「我下次一定會比你多的！」
「那可不一定，船長說這趟回來，沒人載的比我多。」

我們在大海馳騁，
一次又一次，一年又一年。

「你今天出港了嗎？」

「沒有，今天又休息。」

「哎，我也是，看來你也是老了，都鏽了呢。」

「並沒有！明天一定會出去的，我已經準備好了。」

他們總是說著喪氣話，但我相信我還是會再出港的！

「陰天了呢⋯⋯會是今天嗎？」
我的身體開始僵硬，怎麼還沒出港呢？

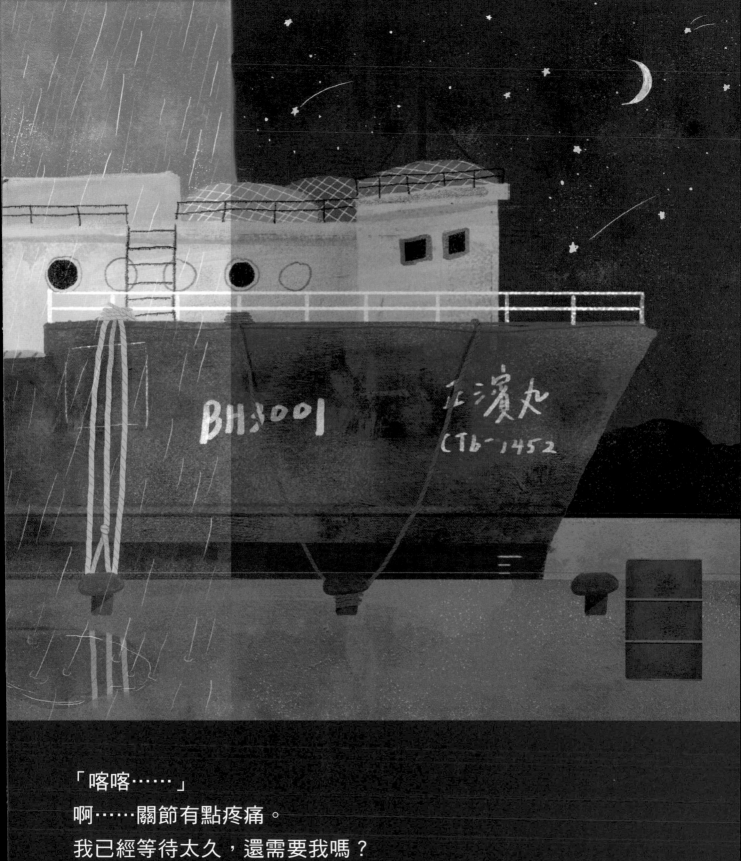

「喀喀……」

啊……關節有點疼痛。

我已經等待太久，還需要我嗎？

「謝謝啊，謝謝。」船長拍了拍我的身體。
「不用道謝，我會和你繼續奮鬥下去的。」

可是，小船牽引著我，
去哪呢？為什麼不讓我自己航行？
船長怎麼站在那邊看著我？

這次不和我同行嗎？

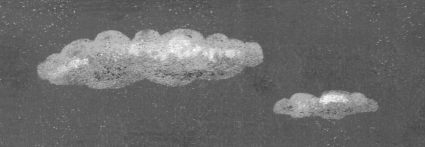

「我是正濱丸，象徵著衰落。」

那天，帶著悲傷脫下我的軀殼。
人們說：「謝謝啊，謝謝！」
海浪伴隨著沉默的早晨，似乎更平靜了呢。

作者的話

文 /Ada Kang

潮濕、下雨、壅塞是基隆給人的印象，是過去外地人為基隆貼上的標籤。因為一個小小的契機，我辭去台北的工作回到基隆，用一天、一個月、一年的時間，逐漸發掘基隆所富含的人文歷史底蘊，也才開始懂得以不同角度欣賞這裡的美，這是我的家鄉——基隆。

我從這個城市的西岸來到東岸，認識了這裡的故事。「苔客上岸－港灣共創藝術節」是我重新認識家鄉的起點，我加入正濱漁港在地團隊星濱山，以藝術共創的方式，讓這座百年漁港再次讓人看見。

第二年的「大魚來了－正濱港灣共創插畫節」透過五位插畫家不同的視角，以繪本的形式呈現這座漁港的各種樣貌。團隊夥伴邀請我成為插畫家之一，以平面設計為主的我，雖然常以插畫做為視覺呈現方式，但是以繪本形式創作的機會卻是少之又少，設計需要用理性與邏輯，從客戶的角度出發；但創作則是從個人的思考出發，將感受具象化，這種不同角度的轉換，讓我花了一段時間摸索。

在思考創作主題時，一開始我完全找不到靈感。在爬梳資料的過程，想起第一次來到正濱漁港所聽到的一個深刻的故事。那時候，我在正濱漁港聽夥伴介紹這裡的歷史發展與變化，並且遇到在看顧鐵殼船的伯伯，他除了洗澡與晚餐的時間外，都在這艘船上守護著。與他相談後才知道，這是一艘等待新買主重新翻修，並盼望能再出航的鐵殼船。不過，等著、盼著，半年過去，這艘鐵殼船沒有等到再次出航，我們再相見時，卻是要向它永遠道別了。

我便決定以這艘鐵殼船作為創作的主角。繪製繪本的期間，我們深度走訪漁港，拜訪幾位曾經在海上馳騁的大哥，聽他們說著年輕時在海上的那些故事，有危機、有動盪、有起落，但我想最令人惋惜的，還是他們口中那個曾經繁盛的正濱漁港，如今已不復存在。我希望這本繪本能將這港口輝煌與繁榮的記憶保存下來，就像那艘鐵殼船，期盼再次被看見。

插畫家介紹｜ Ada Kang

住海邊，喜歡海但不會游泳，常用鏡頭記錄日常風景，育有兩隻阿貓阿狗。以平面設計為主要工作，作品嘗試不同風格，常使用插畫作為視覺發想，插畫風格以濃厚活潑的色彩表現為主。

希望以自身的設計與插畫能力，為自己的家鄉基隆帶來更多面貌，讓別人不曾發現、被遺忘的美，重新展露。

關於星濱山｜

「集眾人之力，創造一座山，向著星星共同完成一件事。」
——星濱山

我們是星濱山，是一群在地文化、藝術和設計相關的基隆青年，透過「體驗經濟」、「文創產品」、「設計服務」作為創意行動主軸，共同構思、推動與實踐，以「藝術共創 Creator In Residence (CIR)」成為在地認識、對話和創作，發起藝術共創工作坊、正濱港灣共創藝術節，增進在地參與，以推動基隆正濱漁港轉型，重塑地域發展新未來。

在 2019 年時 我們舉辦了「大魚來了 – 正濱港灣共創插畫節」邀請 5 位新生代青年插畫創作者駐港創作，HOM 徐至宏、CHIH 制図所、57 Art Studio、Ada、夏仙，與社區、學校及廟宇共同完成插畫作品，有漁船記憶、漁港色彩、港邊氣味、王爺遊江等繪本主題，用繪畫和文字留下故事，因此誕生出這本與土地共同呼吸的繪本，也讓更多人感受到漁港的溫柔和生命。

透過繪本，期望漁港珍貴的生命紋理能被更多人看見，並抵抗時間消逝帶走的記憶與文化。

FB 粉專：星濱山 – 正濱港町藝術共創
網站： https://www.zhengbinart.com/
Instagram： zhengbin.art
E-mail： zhengbinart@gmail.com
電話：(02) 24636930
地址：20248 基隆市中正區中正路 393 巷 30 號 2 樓